RÉPONSE

A L'AUTEUR

DES BALADINS.

LETTRE

D'UN BALADIN,

EN RÉPONSE

A L'AUTEUR D'UNE BROCHURE

INTITULÉE:

LES BALADINS,

OU

MELPOMENE VENGÉE.

A PARIS.

M. DCC. LXIV.

LETTRE
D'UN BALADIN,

EN RÉPONSE

A L'AUTEUR D'UNE BROCHURE

INTITULÉE:

LES BALADINS,

OU

MELPOMENE VENGÉE.

TRAHIT sua quemque voluptas. Voilà d'abord, Monsieur, pour votre *Facit indignatio.* * Tout Baladin que je suis, je sçais un peu de Latin aussi-bien que vous. Mon François ne sera

* C'est l'Epigraphe de la Brochure.

[2]

pas à beaucoup près si pétulant que le vôtre, & cela est naturel : le *Plaisir*, la *Folie*, si vous voulez, ne parle point comme l'*Indignation*.

Quels reproches ! quel couroux ! quelles injures ! C'est un feu d'artillerie continuel. O si vous pouviez réduire en cendres l'opulente *Comédie Italienne*, comme le fut ce pauvre *Opéra* que vous défendez avec tant de vigueur, que vous seriez content ! n'est-ce pas ? Non, il faudroit, pour mieux faire, brûler encore cette vilaine *Comédie Françoise*.

Arrêtez, Monsieur, arrêtez. J'estime trop les nobles intentions d'un Etre à part, tel que vous, qui gémit sur les erreurs, fur les fotifes de tout un peuple baladin, qui ne cherche à le terraffer que pour avoir l'avantage de le redreffer, qui veut à quelque prix que ce foit, ainfi que vous le déclarez modeftement, devenir fon *Bienfaiteur* : je chéris trop enfin, dis-je, votre réputation, pour ne pas vous avertir que le public hébêté d'aujourd'hui donne à votre fageffe qu'il appelle humeur, une caufe bien étrange. Il ofe avancer que vous ne criez fi-fort contre les Piéces & les Auteurs entr'autres du *Maréchal*, du *Sorcier*, d'*Hypermneftre*, de *Zelmire*, &c. que parce qu'avec tout votre efprit n'ayant pas fçu parvenir feulement à ce dégré de médiocrité, vous n'avez pû faire jouer ces prétendues *Marionnettes*, qu'un

A iv

petit cartouche auffi joli que ma-
lin repréfente à la tête de votre
Brochure. On alléguoit même cette
peinture chagrine de leurs affemblées.
J'ai répliqué que ce n'étoit point une
preuve, & j'ai produit l'Epitre dédi-
catoire de la Tragédie d'*Andrifcus*
aux Comédiens un certain Mémoire
adreffé à Meffieurs les *Quarante*,
& plufieurs autres écrits dont cet en-
droit de votre Satyre n'eft qu'une
répétition. Eft-ce vous venger, vous
qui vous connoiffez en vengeance ?
Oh! je fuis un bon Baladin, je n'ai
point de rancune, moi. J'ai ajoûté
qu'en tout cas vous aviez fûrement
de quoi prendre votre revanche, &
que confiant la gloire de votre Mufe
aux fublimes Acteurs de l'Académie

Royale de Musique , nous verrions éclore de vous au premier jour un grand , mais très-grand Opéra.

Ferme, Monsieur, la réforme générale y est peut-être attachée ; c'est alors qu'on vous chanteroit ce refrein de l'Ariette de *Sancho :* QUEL HONNEUR ! QUEL HONNEUR ! .... Pardon, c'est du *Philidor :* ce que c'est que l'habitude ! Allons, allons , main basse sur ces insolentes *Ariettes* qui s'ingèrent mal-à-propos de caractériser la situation du Baladin chantant. Des *Airs*, morbleu ! Des *Airs* en longues roulades, en ports de voix bien lents !

Qu'est-ce que c'est que cette *prose* du *Jardinier & son Seigneur*, d'*On ne s'avise jamais de tout ?* Elle fait rire : la belle avance ! Rimez-moi en place des *Récitatifs*. Que chaque vers, autant qu'il fera possible, foit de douze fyllabes pour être plus ronflant, faites-les tous noter & déclamer de même ; la foule des Baladins, moi le premier ; nous nous écrierons en baillant : Ah ! quelle monotonie ! Et vous, cercle choifi de Raifonnables : Ah ! que cela eft charmant ! Mais fur - tout prenez garde de bailler auffi, la Nature a quelquefois tant d'empire ! Ce feroit un démenti à ne pas s'en relever, oui.

J'ai lu hier à *Caillot* l'article qui le concerne ; (car je retourne toujours aux *Italiens*. C'eft plus fort que moi, on ne fçauroit non plus ſe corriger tout de ſuite.) Je lui ai lu cet Article avec l'envie de le *débaucher*. Vous voyez, lui ai-je remontré, vous voyez l'éloge que ce redoutable Cenſeur fait de votre voix, ceſſez d'être *Marionnette*, devenez *Acteur*, courrez changer ces guenilles en habits ſomptueux, choiſiſſez entre le douceureux *Apollon*, ou le terrible *Jupiter*, une perruque blonde pour l'un, ou une perruque noire pour l'autre fera votre affaire. Sçavez-vous ce qu'il a eu la groſſiéreté de me répondre? » Jouer pour jouer, » j'aime mieux le rôle d'un bon *Fer-* » *mier* qui ſe fait entendre, que celui » d'un méchant *Dieu* qu'il faut de- » viner. « Oh ! ma foi, le mal eſt incurable.

A vj

Le *Savetier Audinot*, la *Poiſſarde Deschamps*, ſont venus à paſſer. Par reſpect pour vous, Monſieur, je ſuis au comble de la joie qu'ils n'ayent pas vû ces Portraits: ils auroient pu reconnoître le Peintre, & le ſaluer à la premiére rencontre de quelques ſemblables *gueulées*. J'ai tort, ils euſſent gardé le ſilence, & oppoſé les battemens de mains conſolans de toute une Salle aux cris impuiſſans de la Prévention.

Mais, Monſieur, ſoyons de bonne foi. Pourquoi rappeller le *Poiſſard*? Vous ne devez pas ignorer qu'il eſt proſcrit ſans retour, qu'il eſt même mort avant *Vadé*, qui fit en réparation *Nicaiſe* & les *Troqueurs*. Quant à *Audinot*, il n'est pas plus *Savetier*, que *Jardinier*, que *Maréchal*, &c. C'est un Acteur qui joint à une profonde intelligence une vérité singulière de Comique. Et pour en revenir aux Piéces, puisque dans le cabinet vous admirez (au moins je l'espere,) ces sortes de Tableaux de la *Fontaine*, d'où vient au Théâtre, sauf l'altération inévitable de leurs traits, êtes-vous plus difficile ?

» D'un souper à l'autre on fait un » Acte d'Opera bouffon. « Si on en a reçu de cette prompte fabrique, ils ont tombé d'une heure à l'autre. » Le premier Conte suffit, on dédai-» gne même d'avoir le mérite de » l'invention. « Presque toutes nos

plus belles Tragédies en ſont rédui-
-tes-là, elles poſent ſur un point d'hiſ-
toire. Mais ſans franchir les limites
étroites de notre ſphere, la *Chercheuſe
d'eſprit* écrite en *Vaudevilles*, qu'il
paroît que vous regrettez, n'eſt-elle
pas tirée du Conte : *Comment l'eſprit
vient aux filles ?* Je vous cite de l'ex-
trêmement agréable, il faut de la
franchiſe dans le commerce.

J'ai, par exemple, été enchanté
de votre Apoſtrophe à ce Prince
cher aux François, comme vous le
remarquez avec juſtice, ſi ce n'eſt-que
les traitant tous avant & après de
Baladins, cela ne fait point une louan-
ge bien flateuſe. *Prince, gardez vos
tréſors,* eſt impayable ! » Si la re-

» naissance de l'Opéra, la remise de
» *Castor* & de *Pollux*, (à votre façon
de vous exprimer, on penseroit que
ce sont deux Ouvrages,) n'ont pu
» ramener le frivole spectateur, cette
» salle magnifique que vous projettez
» ne pourroit être un monument de
» votre grandeur , sans en être un
» aussi de notre ingratitude & de notre
» dépravation. « Cette phrase figu-
reroit au mieux dans un discours Aca-
démique. Avouez qu'en passant vous
avez été bien aise d'établir votre su-
périorité sur M. *Thomas* , dont les
Médailles vous font mal au cœur.
Moi, qui ne suis pas digne, en qua-
lité de Baladin, d'adresser aussi fer-
mement la parole à un Prince, je
rabats sur les Directeurs de ce Spec-

tacle ; & dès qu'il eft important de le foutenir, préférablement à tout autre, je leur dis : Ne luttez point contre un goût univerfel ; faites attention, que fi c'étoit une mode, elle feroit déja paffée. Nous ne fommes point infenfibles aux charmes des *Elyfées*, à la fiére Architecture d'un *Temple*, aux paffions des *Héros*, ou des *Divinités* de la *Fable* ; mais fi nous confentons de nous tranfporter au Ciel, nous prétendons conferver la liberté de revenir fur la Terre. Faites voltiger des *Nymphes*, faites danfer *Venus* & les *Graces*, nous fuivrons voluptueufement tous leurs pas : mais moins de *Furies*, moins de *Diables*, ils n'effrayent point, ils font pitié. Donnez pour les yeux des *Armides*, & pour les cœurs des *Devins de Village*. En effet, Monsieur, *Melpoméne* que vous vengez, a-t-elle arraché nos larmes, *Thalie* vient les essuyer. Enfin permettez, je vous conjure, que le genre de *Pergoleze* s'unisse à celui de *Rameau*.

A propos de *Melpoméne*, il y a un peu de mécompte dans votre fait, j'en suis fâché, je vous excuse au reste, *Facit indignatio*, l'Indignation n'est guère méthodique. C'est *Melpoméne* que vous avez-dessein de venger, & vous prenez pour champ de bataille l'Opéra ! Depuis quand *Euterpe* lui a-t-elle cédé son domaine ? En outre, vous amenez sur la Scène *Alexandre*, les *Macédoniens*, nos *Officiers*, *Polibe*, *Follard*, la *Tactique*, la *Topographie*, *Cujas*, *Bourdaloue*, *Sénéque*, *Ciceron*, *Mars*, *Turenne*, un *Preſtolet*, les petites *Affiches*, une *Jument* à vendre, & une *Dame* à marier.... Que vous êtes inſtruit ! Mais quelle contenance, s'il vous plaît, la grave *Melpoméne* tient-elle au milieu de cette Troupe étrangére & bigarrée? D'ailleurs, comment ne vous êtes vous pas apperçu qu'en vous déchaînant contre nos travers, vous ne faiſiez, mon cher Monſieur, que paraphraſer M. l'Abbé *Coyer* dans ſes *Bagatelles morales*, que retourner une *Inoculation du bon ſens*, réfutée ſous ce titre : *Le Contrepoiſon, ou la Nation vengée*, (car ſi vous vengez, il y en

a d'autres qui vengent,) une *nou-velle Babylone* : que sçais-je encore ?
Si j'entreprenois de relever chacune
de ces imitations, je risquerois à mon
tour de n'être que l'écho d'autrui.

Hélas ! quand à votre exemple,
Monsieur, j'aurois la foiblesse de me
désoler, ou la force de combattre
des Citoyens extravaguans, qu'en ar-
riveroit-il ? Les corrigerois-je ? Que
la Fontaine a dit vrai !

Les délicats font malheureux,
Rien ne sçauroit les satisfaire.

Contentons-nous de nos possessions,
nous pouvions être moins riches. Le
Vaudeville me plaît autant qu'à vous,
eh bien, j'ai *Pannard* qui m'en offre
d'excellens. Vous aimez la bonne *Co-*

médie ; je l'aime pareillement ; &
vous affirmez qu'en détruisant les Baladins on auroit des *Moliéres* , des
Moliéres ! La Nature a beaucoup fait
de nous en donner un , j'en dis de
même de *Corneille* que votre ima-
gination féconde multiplie en per-
spective.

Loin de ces deux Génies, il est au
Parnasse des rangs honorables qui
sont occupés. *Rhadamiste* , *Atrée*,
Mérope , *Mahomet* , le *Philosophe
marié* , le *Glorieux* & la *Métroma-
nie* donc ? Ces Drames , je pense,
sont de ce siécle. D'autres Ecrivains,
moins fortunés échouent, ou n'ont que
des succès éphémeres, leurs tentatives
ne laissent pas que d'être louables,

tous les fruits d'un Arbre font - ils également favoureux ?

Mais quel homme êtes - vous, Monfieur ! je brule de vous connoître. L'Auteur de la *Henriade*, fuivant votre décifion fuprême, n'eft qu'un *Bel - Efprit* : le premier, il eft vrai ; vous le fecond fans doute. Ce n'eft pas affez, du courage ! Vous avez du talent de refte : après votre *Opéra* que nous attendons, faites - nous de grace une *Tragédie* fans ces *Recon-noiffances* & ces *Qui pro quo*, lieux communs du Baladin *Voltaire* : cou-ronnez l'œuvre par un *Poëme* qui balance au moins la *Jérufalem dé-livrée*, cette *Henriade* ne méritant pas que vous joûtiez contre elle ; &

le front ceint de *lauriers*, foulant nos *myrthes*, votre *Differtation* à la main, vous pourrez dire : N'avois-je pas raifon ? Jufques-là je doute que nous ayons tort, nous. Je finis, c'en eft trop même pour un Baladin de ma trempe, qui tel que *Démocrite* s'amufe de tout ; vous m'avez fait perdre quelques momens de plaifir que je ne retrouverai pas. Maudits foient les *Héraclites* !

De Paris, le Mardi 13 Mars 176.

www.ingramcontent.com/pod-product-compliance
Lightning Source LLC
LaVergne TN
LVHW021746030726
842523LV00003B/938